KB076875

강병철 청소년시집

※이 책의 일부는 충남문화재단의 지원을 받아 제작되었습니다.

2017년 12월 11일 제1판 제1쇄 발행
2019년 10월 14일 제1판 제3쇄 발행

**지은이** 강병철
**펴낸이** 강봉구

**펴낸곳** 봉구네책방(봉구네책방은 작은숲출판사의 인문 브랜드입니다.)
**등록번호** 제406-2013-0000801호
**주소** 413-170 경기도 파주시 신촌로 21-30(신촌동)
**전화** 070-4067-8560
**팩스** 0505-499-8560
**홈페이지** http://cafe.daum.net/littlef2010
**이메일** littlef2010@daum.net



ISBN 979-11-6035-038-8 43810
값은 뒤표지에 있습니다.

강병철 청소년시집

# 호모중딩 사피엔스

## 차례

머리말

# 초로의 사춘기에 입(入)하며

스무 살 재수생 시절.

낙엽이 수제비처럼 후두두 떨어지던 시월, 그 유신의 시국 막바지 어느 밤이었던가. 나는 원효로 설탕공장 골목길에서 중고생 내내 썼던 글들을 뭉텅이로 불태우고 있었다. 절망의 감성이 아삭아삭 섞였던 건 아니지만 그렇게 원고지와 대학 노트의 잉크 자국들이 우우우 몸 사르는 글자 소리에 귀를 기울이려 했다.

"연기가 매워서 눈물을 흘리는 거다."

불쏘시개 헤치며 그런 무심한 멘트도 던지고 싶었으니 사춘기 포장도 있긴 했을 거다. 천성이 조금은 더 착했던 그 모습들도 이제 아련하다.

그리고 80년대 이후.

선생이 되면서 만난 벗들의 글들은 격동의 세월처럼 대개 어두웠고 또 그래야만 한다고 생각했다. 깨어 있는 영혼들에게 다가오는 시들이어서 더욱 심장을 후비는 문장들이어야 했다. 칠판도 글도 그렇게 마른 벌판을 사르는 들불이 되어야 했던 즈음이다.

세월이 빛의 속도로 흘렀고.

나는 초로가 되었다. 등이 굽고 머리칼 빠지는 사이에 알파고가 인간의 뇌를 삼켜 버렸다. 아이들은 스마트폰 수렁에서 헤엄치고 있었고 지성인들까지 빨간 신호등만 걸려도 클락숀 빵빵 눌러 대었다. 그리고 지금 나는 '내가 가르쳤던 아이들의 아들딸'들과 씨름하면서 35년 교단 세월의 간극을 메우느라 안간힘 쓰는 중이다.

그 어느 날 문득 '청소년 시'를 떠올렸고 계절 내내 매달렸던 게 참으로 다행이다. 그랬다. 그것은 글판 수십 년의 새로운 감성이었는데 마침내 한 권이 완성될 즈음 생산이 절벽처럼 딱 끊어졌으니 그 또한 조화스러운 사단이다. 깊어가는 가을, 깊은 사랑의 갈무리 시점이다.

2017년 초겨울

강병철

# 중2

이상하다
나는 낙원상가 뒷골목에서
불량 형아들에게 이만 원 삥이나 뜯기는데

성가대 누나 생머리 스크린에 잠 못 이루며
눈빛 한번 못 맞추는
두근두근 심장박동 열다섯인데

저명한 심리학자 왈
질풍노도의 시기로 명명하셨으니

강한 바람과 성난 물결
얼마나 상큼한 문장 풀이냐
그 성난 물결에 당당히 포함 되었다는 거다

절친 박우식군과 맞장 트던

목숨 건 활극 떠올리면
북한군이 휴전선 못 넘는다는 무서운 중2가
사실임이 분명하지만

지금은 교문 지도에 걸릴까 조마조마
게시판 뒤에 숨어 머리칼 죽이는
겁쟁이 중2이다

# 나만의 무엇

목욕탕에서 '등 좀 밀어도라' 하던 스님께
'누구세요' 묻자 '나, 중이야' 하며 등판 맡기는 순간,
'나는 고2야, 샴색갸'
꿀밤 맞던 그 중(僧)이 아니라

방년 열다섯 중2다
수학 문제 풀이 때는 자동 수면제이지만
청소년의 죄책감을 위로하는
「돌직구 성교육」 탐독에는 몸을 바치는
대한민국 중2다

누구와 싸워도 이길 것 같지만
날마다 깨지는 열다섯,
혼자 있을 때마다 탈출 꿈꾸는 빠삐용이다

판도라 상자인 '나만의 무엇'

기대하시라

개봉은 멀었지만

# 사춘기

형들이 불러 세웠다
왜 노려봤냐고 해서 고개 숙였지만
엔진처럼 요동질 치는 심장박동
오해하지 마시라
무서워서 떠는 게 아니라
한 판 붙을지 모른다는 설렘이다
'군함도'의 조선인 오야봉 소지섭처럼
일대일 맞장이 딱 체질인데
지금은 숫자상 역부족
형들이 내 뺨을 쓱쓱싹싹 비빌 때
씨익 웃어준 건 정말 간지 나는 애드립이다
"조심해."
무게 잡고 돌아가긴 했지만
내 포즈를 조금은 인정한 것 같아
기본 틀은 세운 것 같다
나도 점차 사나이가 되는 중이다

# 호모 중딩 사피엔스

21세기 직후 포착된 특별 종족
지구상 오리지널 세포였지만
까맣게 숨어 있다가 디지털 직후 미사일 돌출
이 듣보잡 정체를 분석하던
정신과 의사들 끝장토론에도 답은 없었다

이상하다 겁쟁이가 분명한데
여차하면 간덩이가 붓는다
콩알만 한 심장이 핵폭발 1초전이다
오줌이 마려우면 지구를 세울 참이다

자 덤벼라 자신만만 포즈 잡다가
가로등 그림자에 쿵, 놀라서
꿩처럼 머리박고 삭삭 비비는 변신의 귀재

그러다가 눈 깜빡할 사이에

세상을 뒤집는 기형 물건
인터넷 박동 횟수가 지구 열 바퀴는 덮는다

그래서 인류를 둘로 분류하면
하나는 호모사피엔스고
하나는 호모중딩사피엔스가 된다 할 말 있나?

# 화수분 소원 1호

화수분에게 무엇을 빌어볼까
돈 욕심이 완죠니 제로는 아니지만
재벌 남친이 소원은 절대 아니다
우선순위 1번은 화장품 세트
옵션 손목거울로 싹싹 닦으며
요기조기 찍어 바르고
피부 수위부터 한 단계 업그레이드
거품 목욕제 킹카 바스솔트 훌훌 풀어
허벅지부터 뽀드득뽀드득
닦고 조이고 기름 치면서
우이씨, 머리핀 하나 첨가
소녀 시대로 돌입 시동 준비

# 알파고 남친

땡기긴 하는데 뒷감당이 걱정이지요
순종하면서 실천하는
부드러운 근육질
'모래시계' 이정재처럼
보디가드 로봇 든든하긴 한데
그 다음이 요상한 문제
손잡고 영화 감상은 감당이 되는데
오작동 사고 같은 기습 뽀뽀
걱정 반 기대 반
로봇에겐 심장이 없다고 말은 하지만
갈수록 진화하는 인조인간
개그콘서트의 '진호봇'처럼 아슬아슬
주인님과 알파고의 스릴 사랑 터지면
주인과 로봇 관계는 안농
그래서 두근두근 화수분 알파고

# 엄마가 첫사랑이야

비디오 '너는 내 운명'을 보다가
나의 기습 질문
엄마가 첫 사랑이야?
아빠는 어,어,어 말씀 더듬는데
그 순간 엄마의 레이저 눈초리
앗, 예사롭지가 않다
가족의 평화를 위하여
궁금해도 묻지 말았어야 했는데
지금은 잠이 안 온다
아빠의 첫 키스는 엄마였을까

# 오빠의 야구동영상

'오빠, 라면 멍으'
문을 여는 찰나
'얌마, 노큿!'
1초 내로 화살표 내린 우리 오빠
살색 화면이 번개처럼 실종되고
정지화면 어색한 침묵뿐이다
왜 앉아 있어? 컴퓨터도 안 하면서
그제야 어, 하며
리그 오브 레전드에 집중하는 우리 오빠
미안하지만 나는 안다
지난번 속옷 광고를 보다가
리모콘 돌리던 그 스피드다
그래서 열여섯 내 오빠는
초딩의 귀염둥이로 포장한
건강한 사춘기 청소년이 분명하다

# 걸그룹 쇼 합동 관람

제출한 핸드폰은 고장난 거고

최신 폰은 가방 속에 잠수 탔으니

오늘도 통신 준비 완료

점심식사 후 유튜브 켜면

방황하던 내 친구들

우르르 모여들겠지

학생부 산적 샘에게는 어림도 없으니

물렁물렁 순두부 샘한테 또 달라붙어

10분만 빨리 끝내요, 너무해요, 조르고 졸라

걸그룹 쇼 단체 관람

나눠 내는 피자 값은 나만 무료

# 걸어가는 출근길

걷는 출근길과 승용차 출근길의
마음가짐이 결코 같을 수 없다는
늙은 국어 선생님
자가용 없는 구부정한 출근길이다
왜 운전 안 하셔요?
지구 생태계를 보호해야지
대답하면서 발갛게 달아오르시기에
남의 차도 타지 말아야지요, 했더니
네 말이 맞다, 며
사과보다 더 빨개지셨다

# 늙은 스승 국어님

때리지 않지만 욕은 일품이다
개판 오 분 전 완죠니 무너지는 교실
출석부로 칠판을 팡팡 친 다음
이런 뚱단지 같은 놈들
옛날 같으면 싸대기가 너덜너덜 했을 텐데
세상 진짜 좋아졌다, 부글부글
그러나 단 한 명도 겁먹지 않는
뼛속까지 중딩 악마들
오늘도 토닥토닥 괴롭혀드리지만
착한 스승이라는 건 인정한다
정년을 육 개월쯤 남긴 채
급식실에서 혼자 서 있을 때는
빈 콩깍지처럼 외로워 보이기도 한다

# 너부터 식빵아

얘들아 조용히 해 제발

국어 샘이 울쌍 표정으로

통사정해도 어림없다 도떼기시장

참다못한 부반장 조기호 선수

맨 앞 영일이를 가리키며

조용히 햇 왕눈깔, 소리치지만

전혀 밀리지 않는 청양고추 깡다구

너부터, 식빵아

이번에는 앞뒤 쌍방으로

샘, 재만 퇴학시키면 간단해요

반사, 이 샴동아

울기 직전의 국어님

떠들지 말란 말야 집중, 집중

가슴 팡팡 치며

으이그 내가 참는다, 참아

금세 울음보가 터질 것 같다

종이 치려면 아직도 20분 남았고

# 등굣길 미술님

케이쓰리 미술님 클락숀 빵빵 누른 다음
스르르 창문 내리신다
"쫘식아, 인사 안 햇!"
냅다 야단치신다
"안 뵈융."
안에서는 바깥이 훤히 보이지만
밖에서는 차 안이 캄캄하다
그 선팅의 위력 뻔히 알면서
승용차 세우고 소리 지르시는 미술님
기실 우리는 비밀의 동지
그저께는 비 오는 작업실에서
결의의 컵라면도 나눈 사이이고

# 터프걸 우리 누나

밥 먹을 때

누나의 콩나물국에 파리가 낙상했어요

으악 소리친 건 저였구요

누나는 표정 변화도 없이

포크레인 삽처럼 풍덩 건져내고

그릇 채 벌컥벌컥 들이키다가

갑자기 걀걀걀 뒹굴기도 한다

놀랄 것 없어요

책가방도 비행접시처럼 빙글빙글 돌리고

침대에 뒤집어진 자세 그대로

딱딱한 아이스케키 와드득 깨무는

저 열여섯 터프걸에게

흑기사에 먹머루 눈빛

남친이 있다는 게 놀라울 뿐입니다

# 아빠, 두 시간 뒤에

'목숨 걸자 중간고사'
가장 자극적 문구 붙여놓고
계획표 짜는 데만 한 시간 잡아먹는 누나
그 다음 오 분가량 깨작깨작 공부하다가
침대에 쓰러지며
"아빠, 두 시간 뒤에 꼭 깨워."
그 순간 흙빛으로 변하는 아빠의 얼굴
나는 이유를 잘 알고 있다
누나는 바위처럼 움직이지 않는데
아빠 혼자 울상으로 깨우기 시작하는
긴 싸움의 예고편
지금부터 모든 책임은 아빠에게 있다
침대에 쓰러진 잠퉁이 저 소녀
부친께서 애타게 깨우다 지쳐 포기하면
이튿날 아침 난리 부르스
"화를 내며 깨우란 말이야."

왕왕 쏘아부친다

오늘도 땀을 뻘뻘 흘리며

딸을 깨우시는 우리 아부지

바람 빠진 풍선처럼 찌그러진다

# 낙타 조준수

청소년 조준수는 사막의 낙타다
열공 자세만큼은 분명히 그렇다
자습 시간은 물론
급식 줄 타임에도 메모지와 씨름한다
점심 직후 늘어지는 타이밍
혼자 공부하는 풍경은 사막처럼 쓸쓸하다
성적은 30명 중 28등
공결 변종덕 위탁교육생은 빼야 하므로
진짜 석차는 끝에서 두 번째
패깡 친구들까지 안타까워한다
게으름 제로의 뚝심만 보면
전교 1등이 당연하겠지만
절대로 변함없는 사막의 이정표
중간고사 끝난 해방 타임
불금의 4교시 종례시간

낙타 혼자 외롭게 영어단어 외우고 있다

# 잘 싸웠다 봉남중

강남 문주중과 우리 봉남의 야구 경기
9회 초까지 2대 0으로 이기다가
9회 말 3대 2로 역전 패
나도 모르게
에이 씨바 야구동영상
원래 그 모양이지 샤방샤방
그런 욕설이 안 터지길 정말 잘했다
목 터지게 응원하던 조준수군
경기 휘슬 순간 벌떡 일어나더니
잘 싸웠다 봉남중 장하다 우리 봉남
글썽글썽 격려하는 동지의 격려
칭구들 모두 벌떡 서서 따라했다
장하다 봉남중 잘 싸웠다 우리 봉남
주먹 쥔 일치단결 처음 있는 감격이다
그 추억을 떠올리면
지금도 울컥 눈물이 쏟아질 것 같다

# 나도 팬이 되었다

여자라고는 씨가 마른 봉남중학교
모처럼 축제 때에
여중 누나들 우르르 손님 찾아 왔는데
조준수가 무대에 섰다
키도 작고 꾀죄죄했으나
죽인다, 그의 노래 당할 자 없으니
누나들 빵빠레 팬클럽 난리가 났다
걸그룹 열광으로 질투가 폭발했느냐, 고
아니다 나도 팬이 되었다
'여수 밤바다' 다음 곡 '벚꽃 엔딩'에서는
버스커버스커가 무대에 나타난 줄 알았다
장차 우리나라 대표 싱어
플래쉬 번쩍번쩍
옵바아 옵바 메아리치는
아이돌 스타 조준수로 변신할 테니
행복은 절대로 성적순이 아니다

# 패깡 박한별

키는 중간 정도지만 깡이 좋다
전교짱 영진이와 맞장 승부
봉걸레 휘두르다 중심을 놓쳐
제풀에 훌러덩 넘어졌지만
절대로 울지 않는다
코피 흘리며 키득키득 웃으니
분노조절장애 유한승군은 물론
큰애들 아무도 건드리지 못했다
1년 선배 김국진이 호출했을 때도
다이다이로 나가
일단 선방부터 날렸다
나는 후배니까 깨져도 밑질 것 없네
퉁퉁 부은 얼굴로 키득거렸다
'한별'이란 이름도 한자로 쓰면
김일성과 똑 같은 '일성'이다

# 구름과자 하나 먹고

편의점과 모텔 선인장 골목
오그르르 어깨 맞대고
럭비공들 스릴 후끈한 아침이다
구름과자 하나 빼어
연기 풀풀풀
영양보충 끝낸 불량사탕들
하굣길에 다시 꺼내기 위해
벽돌 사이에 김밥 하나
무이자 저축했다, 며
뿌듯한 마음으로 가방끈 조인다

# 몽골의 별빛

선생님은 날 보고 착하다고 칭찬하셨지만
내 본심은 국경 넘은 우정이다
몽골 전학생 위기연 소녀에게
마니또 선물 후 침묵 지키는 건
비밀 쪽지 자동 코스지만
그보다는 초원 천사와 찰떡 우정 나누고 싶었다
그녀의 고향 게르 앞에 모닥불 피우고
별판의 은하수 만나는 꿈
하늘나라로 올라간 영혼들
천상의 모닥불로 밤마다 모여
그물로 출렁이는 별빛 잔치 되었단다
제주도 목장에서 말을 키운다는
징기스칸 아버지 보고 싶다며
쏟아지던 눈빛 이슬 보며
너와 절친이 되자고 고백하려던 참이었다

# 선생님의 손녀딸

수학님은 교장님보다 열 살쯤 많은데
손주들과 운동장 사택에서 살고 있다
서른 살 아들이 듀바이에서 죽고
며느리가 집을 나갔다는데도
싱글벙글 편안한 표정
운동장 조회 때
교무부장 수학님이 마이크 잡았을 때
손녀딸 둘이서 깡충깡충
"할아버지 마이크 잡았다'
사열대까지 쫓아오자
"왓, 우리 강아지들!"
펄쩍 뛰어내려 뺨을 부볐다
점심시간에는 손주들을 데려와
함께 급식도 먹는데
우리들이 '이름이 뭐니' 쓰다듬을 때

컵의 물을 뿌렸어도 여전히 예쁘다

# 위로

땡땡이 치다 걸린 문제아들
풀자루처럼 찌그러져 반성문 쓸 때
'그렇게 크면서 어른이 되는 거여'
머리 쓰다듬어주던 수학님
만년 꼴통 박종우군은
징계 도중 위로 받긴 처음이라며
아싸-, 할아버지 파이팅
급식 먹으면서도 감동 중이다

# 메리 이리 온

10년 간 집을 지켜준
늙은 개 끌고 다리 건너던 떡보아저씨
난간에서 걷어차 단방에 떨어뜨렸다
목줄에 대롱대롱 매달린 메리
숨이 끊어졌는데
가마솥에 밀어 넣으려는 순간
벌떡 일어나 도망치는
아, 강한 생명력
모두들 당황해서 새파랗게 질렸는데
씨익 웃는 떡보아저씨
"메리! 이리 온."
생끗 웃으며 손가락 까딱인다
순간 지구가 자전을 멈춘 듯
고요, 고요했다, 나는
가지 마, 안 돼, 소리치지 못했는데
주인의 눈동자 바라보던 메리

애처롭게 다가오는 것이다

고개 숙여 신발 핥아주는 반려동물

쇠망치 잡은 손에

갑자기 힘을 주던 떡보 아저씨

아, 여기까지만……

말복이 하루 남았던 날이다

● 이 시는 내 소설 『토메이토와 포테이토』(작은숲 刊)에 나왔던 내용을 새로 쓴 것이다.

# 비 사이로 막 가라

류한무 군과 알파문고 다녀오던 중
빨간 신호등에 걸렸는데
앗! 저 비구름이 수상해서
소나기닷, 번개처럼 스치면서
무단 횡단으로 도망쳤다
5미터 뒤에서 좀비처럼 쫓아오는 소나기
비와 나의 달리기 시합에 빠져서
칭구 생각은 안중에도 없었다
5분가량 죽자살자 뛰어서
나는 한 방울도 맞지 않았는데
신호등 정직하게 지킨
범생이 칭구 류한무 선수
그도 죽어라고 달렸지만 5미터 차이로
비 맞은 송아지가 되었다
남의 불행이 나의 행복이다 푸하하
미안하다 사랑한다

# 전교회장 선거

기호 2번이지만 뽑기에 걸려
세 번째 연사로 단상에 섰다
앞자리 후보 때의 집중력이 휑 날아가고
청중의 70프로는 혼수상태
그래도 침착해야지
'학교'라고 쓴 주전자 흔들다가
'학생회장'이라고 쓴 깔때기에 물을 부은 다음
손가락 두 개 내밀며
'빅토리 2번 임정표입니다
학교와 학생을 연결하는 깔때기 후보입니다'
이 기발한 이벤트에
아무도 집중하지 않았다
102표로 2등을 했고
당선자 홍문표와는 87표 차이다
동주여중과 단체 미팅을 하겠다는
황당 공약이 먹혔으니 어이가 없다

저는 여중과 직통 땅굴 파겠습니닷

그런 폭탄 공약이 없는 한

에잇, 이길 수 없었던 게임이었다

특히 강포 초등 출신들의

초코파이 공세 소문도 있으니

국회의원들을 욕할 필요가 전혀 없다

# 불효자 터미네이터

택배 오토바이와 부딪쳤지만
오토바이보다 먼저 일어났다
3미터쯤 밀려 넘어졌지만
나도 모르게 자동빵 기립
소매로 코피를 쓱쓱 닦은 다음
걱정 마세요 괜찮습니다
우리 아빠도 택배 배달원이니
효심으로 일어서겠습니다
터미네이터처럼 씩씩하던
그때까진 기사님 칭찬이 행복했다
돈도 이만 원 받아서 업(UP)되었지만
밤새 낑낑 앓고 말았다
"에잇, 불효막심한 홍부 놈아."
아빠의 그 말씀
야단치는 걸까, 혹시 칭찬일까

# 앞 장에서 말한 바와 같이

올빼미 허동혁군의 이야기입니다
서술형 평가 시간에 사회 프린트 그대로 베끼고
일등 제출 후 수면에 빠졌지요
문제는 허군의 첫 문장
'앞 장에서 말한 바와 같이……'인데
서술형 답안지엔 앞 장이 없기 때문에
커닝 들통
동혁군이 교무실에 끌려간 지금
친구들 모두 데굴데굴 뒹구는 중입니다

# 다시 찾은 서답형 답안지

국어님 얼굴이 하얘졌어요
서답형 답안지 석순이 꺼가 빠진 거예요
감독교사는 노영순 수학님
시험 채점표 확인하던
일주일 뒤에 실종 답안지가 발견되었지요
행여 들킬세라 숨소리 죽인 채
공동경비구역 지뢰 탐지하듯
조심조심 더듬더듬
우리들까지 침이 짝짝 말랐어요
마침내 쓰레기통에서 발견된 답안지
국어님이 아악 소리 틀어막았으니
소리 없는 아우성입니다
잠자던 석순이가 바닥에 떨어뜨렸고
뒷자리 홍만철군이 빼놓고 걷은 거예요
쓰레기 당번 김도석의 일주일 농땡이 덕분에

서답형 답안지가 깡똥하게 생존
구겨진 답안지에서 광채가 일어났지만
아무 일도 없었습니다
근무 중 이상 무

# 순대집 할머니

여중 지지배들 등교하면서
제비새끼처럼 지지배배 수다 떨다가
짧은 치마로 발길질 하면
허연 허벅지 쑥 튀어 나오거덩
속곳 보일락말락하는
그 짧은 치마가 정말 부러워
다시 소녀시절로 돌아가
미니스커트 입고 연애하고 싶다
내 나이 열일곱 때 열아홉 사내 만나
풋사랑 나누고 싶다, 는
순대집 할머니는 78세
걸그룹 눈빛으로 흡연 중이다

# 삐뚤어질 테다

에어컨 빵빵하게 틀어놓고선
추리닝은 왜 껴입느냐구요
창문까지 열어놓고
왜 에어컨 트냐구요
모르세요
체질이 다르기 때문이죠
아랫도리 시원해야 집중이 된다는 우등생 윤희
머리가 따뜻해야 게임이 풀리는 상현이
목이 시원해야 공부가 잘 되는 조준수군
목이 따뜻해야 잠이 편안한 패깡 서경훈군
저마다 체질이 다르니
창문 열고 무르팍 담요 덮은 채
에어컨과 선풍기 쾅쾅 틀어놓는 거예요
전기세가 쬐끔 미안하지만
에어콘 빵빵 튼 채 담요 덮고 시포요

# 지구를 위하여

서해안 어디쯤 풀꽃 대안학교
바다가 보이는 교무실은 물론
교정 어디에도 에어컨이 없다
소식 들은 꽃게잡이 선장 한 분
여학생 기숙사에 기증 문의 전하자
아침이슬 눈동자 스무 명
밤샘토론 후 만장일치 거부 결정
선풍기로도 충분히 시원하다
그늘에서 부채만 부쳐도 널널하다
지구 생태계를 위해서라면
짝꿍끼리 마주본 채 후~하고
입술 바람만 불어줘도 행복하다

# 2행시

스물여섯 최성욱 선생님은 우리와 11년 차이
소녀들은 죽기살기로 놀려먹는다

선생님 이행시 해요, 삼행시 아니고요
여자예요
선생님 먼저 운을 떼세요

우리들 : 먼저 여, 해 보세요
선생님 : 여
우리들 : 여자를 만나면 뭐해요? 그 다음요
선생님 : 자

얼레리꼴레리 자지러진 소녀들
선생님은 어리벙벙하다가
고개 돌렸다 새빨간 볼이 짱으로 귀엽다

# 생리가 뭐예요

생리가 뭐예요
이 질문은 우영이의 놀려먹기 작전이었는데
앗, 김승호 선생님이 준비된 답변을 내놓은 것이다

사람의 동맥은 피가 돌아야 깨끗해지거든
그래서 헌혈도 건강에 필요해
특히 여자는 아기를 낳는 엄마니까
특별히 깨끗해야 되겠지

한 달에 한 번씩
더러운 피 바깥으로 뽑아내는 거야
답변 끝, 진도 나가자

# 여보, 비디오 입고 가세요

아빠의 출근 직전
엄마의 입에서 나온 단어이다
'비디오'는 '바라리'의 오타지만
아무도 웃지 않은 건
처음 실수가 아니기 때문이다
치킨집을 키친집이라고 하는 건 기본
열쇠를 손에 쥔 채 아침 내내
'차 키' '차 키 내가 미쳐'
온집안 달달 볶았다, 스마트폰 꽉 쥔 채
'핸드폰 어디 갔어'
12층으로 다시 올라오기도 했다
지금은 바바리 단추를 채우시는 아버지
비디오 입고 출근 중이다
혼자 남은 엄마
리모콘을 누르면

# 바바리에서 '설국열차' 상영 중이다

# 책을 낸 시인이지만

국어 샘은 책을 낸 시인이지만
우리들은 아예 관심이 없다
스승님 사이트를 은근슬쩍 보여주지만
책이 별로 안 팔리는 건 확실하다
회원 수가 두 자리 수는 되는데
방문객이 거의 없고
예스 24에서 이름은 뜨지만
독자 리뷰 제로, 판매지수도 바닥이라서
장바구니에 담으면 손해 볼 것 같다
스마트폰 보다가 들킨
내 팔뚝을 꼬집기에
때리면 책 안 살 건데요, 했더니
팔뚝을 꺾으며 펫펫펫 웃으신다
오늘도 자기 페이스북에서
'좋아요'를 눌러달라는 귀염성도 있다

# 작심 세 시간

내 친구 동수는 작심 세 시간이다
야동을 보지 말자
한 번만 더 보면 손가락 자르겠다
반성문 쓰던 바로 그날
수행평가 팽개치고 또 한 판 날렸단다
그나마 상담 선생님이
청소년기 야한 상상이 정상이라, 고 해서
편안한 충전 타임도 있긴 했지만
여전히 불안증에 시달리는 중이다
다른 애들도 금단의 벽 넘긴 했겠지만
중독 증세가 다르다
지금도 옆자리에서 마우스 사냥 중
10분만 때리고 영영 이별하겠단다
한 번만 더 보면 성을 갈겠단다

# 흡연학생 김진국

서틀버스에서 내리자마자
담배를 문 국어 선생님
바바리깃 세우자 불빛 반짝인다
슬그머니 소매 당기는
패깡 김진국 선수
"스승님 몸에 해롭습니닷!"
점잖게 충고하는 하굣길이다
미친 놈, 자기나 피우지 말지
그 말이 목구멍에서 간질간질했다

# 땅꼬마 맞장

대성이는 2반 1번
우리 반 1번 땅꼬마는 성식이
145에 미달되는 초딩 몸매들
대성이가 난간에 엉덩이 뺀 채
반 대항 축구 구경 중
성식이가 그 엉덩이 툭, 툭, 차면서
야, 야, 몇 반이 이기냐
스코어 물어보려던 게 발단
휙 돌아서며 노려보는 오대성 선수
죽을래?
성식이는 어리둥절
어쭈구리, 세게 나오는데
방글방글 응수했는데
악, 대성이의 소나기 펀치에
호빵맨이 되었어요
수학님이 뜯어 말리지 않았더라면

엎어진 팥죽이 되었을 거예요
하지만 착한 성식이
입술을 반달형으로 올려 보이며
괜찮아요, 선생님
물로 닦으면 표시 안 나요
스승을 달래는 울보 천사 박성식

# 엘리베이터 타기

몸이 아픈 환자나
교내 봉사 쓰레기봉투를 들지 않은
멀쩡한 학생은 탑승금지다
걸리면 벌점 5점
수첩공주 수학님은 체크 후 지워주지 않고
미술님은 당구알 눈동자 부리부리
바닥에 머리 심고 싶으세요
그 눈빛 그물에 옴싹달싹 갇힌다
나머지 선생님들도 손가락 까딱이며
'당장 내려' 하시는데
딱 한 사람 국어님은 물렁물렁
동행 탑승 후 나는 재빨리
선생님의 노트북 들어주는 척하니
그나마 양심이 있는 편
전병준군은 뻔뻔한 맨손 무임 승차다
너는 왜 타니? 물으면

하잇, 밤새 안녕하십니깟, 경례 부치며
6층까지 슝 올라간다
일단 버텼으면 무사통과다

# 싸움 선수 상현이

상현이의 6학년 시절 전교 3짱이었는데
송독초 2짱과 맞장 벌인 적이 있다
고가도로 기둥 잔디밭
UFC 케이지 삼아
양쪽 관중 열 명씩 지켜보는데
생초면 두 선수 고양이처럼 엉켜 붙었다
송독 2짱은 아웃복서 메이웨더 스타일
상현이는 접근전 맥그리버 전법
그 스릴러 순간
호루라기 소리로 와르르 흩어졌다
경찰이다, 연락병 김호근의 외마디 소리
총알처럼 도망쳤으니 무승부
잡혔으면 학교가 뒤집어졌을 텐데
우사인 볼트가 따로 없었다
6학년 때니까 2년 전 얘기다

# 스승 차별

선생님들의 제자 차별이 아니라
제자들의 스승 차별이다
참으로 죄송하지만
온종일 공부만 하라는 건 지옥이다
생각해 보라
몰겜이나 포트리스 동영상이면 몰라도
열다섯 사춘기가 공부로봇인가
하루의 에너지 저장을 위해
시간마다 스승들 간을 본 다음
견적에 맞춰 차별하는 생존 능력
호모 중딩 사피엔스의 본성이다
상어이빨 샘과 물렁뼈 샘은 같을 수 없으니
죄송해도 어쩔 수 없다 이이 엠 쏘리지만

# 굳바이 교생 선생님

김팥쥐 선생님은 콩쥐보다 훨 착하다
섹드립의 신동 박영수까지 안아줬으니
견적이 필요 없는 천사가 틀림 없다
껴안는 순간 가슴끼리 닿았다고
중계방송 트는 박영수를 감싸준 건 대실수지만
소풍 행진 날 찌질이 김순복의 손 잡아준 건
'천사의 날개' 사랑검법이다
그 스킨쉽 한 방으로
순복이의 우울증이 사라졌다
실습기간이 빛의 속도로 흘러가고
교생님이 떠나는 내일부터
담탱이 스승님과 공포의 한 배를 타야 한다
지구의 종말은 금요일 6교시부터다

# 빵 셔틀 극복기

웅상이가 작년까지 빵셔틀시키다가
금년부터 상황이 달라진 건
나도 사춘기에 돌입했기 때문이다
걔는 4학년 때부터 변성기가 왔지만
나는 이제 겨우 코밑에 명털이 생겼다
걔는 2학기 때 키가 멈췄지만
나는 바야흐로 성장판이 활짝 열렸다
고등학교까지 갈 것도 없고
겨울만 지나도 근육이 붙을 것이다
그러나 내가 태권도 검은띠 따게 되면
빵셔틀 정글을 걷어내고
성장판 멈춘 웅상이도 감싸줄 작정이다

# 마지막 반성

열쇠가 풀려있기에 올라탄 거다
남의 자전거 집에 끌고 가면 걸리니까
연못에 담가놓았을 뿐이다
가뭄으로 연못이 마르지 않았더라면
감쪽같이 넘어갈 사태인데
내가 연못에 저축해놓았다고
찬홍이한테 자백한 게 실수다
경찰서에 보증 서 주신 목사님
토스트 구워주시러 주방 간 사이에
지갑을 들고 튄 건 정말 할 말이 없다
내 손의 행동 내 심장이 모르니
눈송이처럼 깨끗하겠다는
굳은 결심 그렇게 한 방에 날아갔다
무릎 꿇고 밤샘 기도하면
하느님이 나를 받아줄까

이 순간만 지나면 착하게 커갈 거다 진짜로

# 남자 대 여자

원조 고릴라 박성수가
오리궁뎅이 길목이에게 왕주먹 쳐들자
교실이 얼음장처럼 굳어버렸다
사내들은 조마조마 지켜 보는데
앞을 막아선 어지 반장 방나미
돌진하던 터미네이터 박성수
'약한 애 치지 말랬지'
여전사의 눈빛에 숨이 콱 막혀
봄날 눈사람처럼 게게게 풀어졌으니
'오ㅡ 세상에 이런 일이'가 따로없다
우리 반은 1등부터 8등까지 모두 여자들이고
남자들은 착한 순둥이들이다

# 착한 계모

우리 엄마는 계모지만
누나와 나는 친자매처럼 사랑합니다
배다른 형제끼리는
결국 갈라서게 된다고 말하지 마세요
누나와 싸우다 엄마한테 혼날 때마다
내 눈물 닦아 주던 누나
도란도란 토스트도 구우며
등 기댄 채 비디오 보는 중입니다
계모를 악마로 만든 콩쥐팥쥐나
우주 괴물 신데렐라 계모까지
가부장 제도의 폭력이라고
가르쳐주신 선생님 정말 감사합니다
특히 헨델과 그레텔은 원래 친엄마였는데
번역 과정에서 계모로 바뀐 거라고
바로잡아주셔서 특히 감동입니다

남매의 싸움은 칼로 물 베기

누나와 엄마는 특히 사이가 좋으므로

착한 계모와 사랑하는 의붓딸이 증명됩니다

# 여자의 마음은 갈대

김기철 선생님을 짝사랑하며
인생 모두를 걸었던 건
내 나이 열네 살 때다
하느님, 첫사랑을 도와주세요
밤마다 기도만 했을 뿐
단 한 번도 고백하지 않았으므로
선생님이 배반한 건 절대 아니다
권봄이 음악선생님과 깜짝 결혼
하늘이 무너지던 아픔
딱 보름으로 마감되고
지금은 비 갠 하늘처럼 말끔해졌다
지구의 절반이 남자이므로
기회가 찬스, 널널하다고
첫사랑 깨지면 훈남이 기다린다고
재빨리 정리한 나도 순정파는 아니지만

사랑은 원래 갈대처럼 흔들리는 법이다

# 여자의 몸

아버지와 청소년수련원에 놀러갔는데
도내 연극부 단체 수련 중이었다
모든 층마다 남녀 샤워실이 분리되어 있었는데
딱 그날만, 2층은 남자 샤워실
3층은 여자 샤워실로 분리시켰다는
임시 표지판을 깜빡 놓쳤다
분명히 3층 남자 샤워실 열었는데
아차, 여중생들의 자지러지는 외침
"왜횻?"
"남자 샤워실 아닌가여?"
얼른 닫았다
옆구리 찌르는 아버지
"아들, 여자 옷 벗은 것 봤겠네."
"그런가요?"
펫펫 웃는 아부지

"소감이 어때?"

"아빠가 좋았겠지. 뭐."

쿵, 꿀밤 한 방

장난으로 킥킥 쥐어박은 거지만

알밤만큼 부은 핵꿀밤이었다

아빠가 놀리고 아빠가 때린 거다

# 다현이의 장래 희망

내 동생의 장래 희망은 도둑
절친 상수가 경찰관 지망생이라서
자기가 도둑이 되어주어야
상수 직업이 짤리지 않는다네요
감옥에 갈 확률은 없대요
자기 반 30명 중 달리기 실력 2등
싸움 순서도 다섯 째 안에 들어가니
잡히지도 않을 거고
잡혀도 치고 빠질 수 있대요
날쌘돌이 1호 승규이의 장래희망이
모기차 운전수이므로
자기보다 빠른 경찰이 없을 거랍니다
하필 도둑이냐, 물으면
상수가 자기보다 똑똑하니까
친구의 장래를 밀어준다나요

# 할머니 죄송합니다

초딩 4학년 때 반장 명찰을 달고 갔더니
야, 우리 현정이가 반장이구나
할머니께서 너무 기뻐하셔서
이건 1일 반장 명찰인데
깜빡 차고 온 거예요
차마 정직하게 말하지 못해서 죄송합니다
하늘나라에서도 저를 사랑해주세요

# 엄마의 고백

읍내 빵집에 들어간 게 여덟 살인데
딸랑딸랑 방울소리
사탕으로 만든 집 처음 보았어
막걸리에 취한 젊은 외할아부지
씩씩하게 동화나라 문을 여는 거야
가슴이 두근거리고 머리가 환해지는
그때까지만 행복했어
이상하다 빵을 두 개만 사는 아버지
홍이와 용이 삼촌까지 3남매인데
왜 두 개만 살까, 의심하지 못 했어
아뿔사, 외삼촌 둘에게만 하나씩 나눠주더니
"넌, 동생들한테 얻어먹어."
한 마디 툭 내뱉고
코 골며 낮잠 자던 젊은 외할아버지
창고에서 펑펑 울었다는 여덟 살 소녀

지금은 두 자매 어머니 되어

중학생 딸의 소풍 가방 싸며

초코베리 생크림 따로 챙기는 중이다

나만큼은 대학까지 가르치시겠다며

훔치는 눈물 사이로

여덟 살 빵집이 황홀하게 펼쳐졌다

# 아빠의 직업은

아빠는 곰나루택시 운전수
아빠의 직업란에 운수업이라고 썼더니
이종대 선생님이 운전이라고 고쳤다
안동찜닭에서 설거지하는 엄마
요식업이라고 써놓았더니
식당종업원이라고 고쳤다

# 만원 한 장

아침밥 먹는데
술독에 빠진 울아부지
벌겋게 현관문 열었다
야간조 끝난 신새벽
해장국 먹다가 취했단다
사과 봉지 건네며
딱 한 잔만 마셨어 진짜야
사랑한다고 말하지 못해서 미안
종잇장처럼 쓰러지는 아버지
손바닥에 꽉 쥔 만원 한 장

# 아버지처럼 빨개지는 사람은

술 마시다가
아버지처럼 얼굴이 빨개지는 사람은
알콜이 아세트 알데히드를 분해하지 못해
대장암 확률이 여섯 배 높다고
생물 시간에 배웠어요
거울 보며 연습했던 그 말을 끝맺지 못하고
내가 먼저 엉엉 울었습니다

# 내일 지구의 종말이 온다면

나는 순결주의자이지만
뽀뽀까지는 모르겠다
만약 내일 지구의 종말이 온다면
잘 생긴 오빠를 골라
입맞춤 한번 시도할 참이라고
속으로 마음만 먹어보았다
그 이상은 안 된다
15세 영화 수위도 딱 거기까지니까

# 버킷리스트

나이아가라 폭포 번지점프나
하와이 스쿠버다이빙이 소원은 아니다
마흔다섯 아빠와 베트남 새엄마
폐휴지 줍는 착한 할머니
임대주택에서 도란도란 사는 우리 집
화사한 레스토랑에서 가족 식사 후
내 카드로 딱부러지게 계산한 다음
부모님 따로따로, 할머니까지
용돈 5만원씩 드리는 게 소원이다
내 방이 따로 없더라도
세 칸짜리 아파트에서 살고 싶다

# 엄마도 좀 놀았나 보지만

내 나이 열다섯
여자보다는 힘이 세다, 고 생각하며
늦게 들어왔다고 야단치는 엄마
실수로 노려본 게 전쟁의 시초다
“눈 깔아.”
빳빳이 버티려다가 깜짝 놀라
손바닥 피해 고개 숙였는데
니킥까지 나올 줄은 몰랐다
“어쭈 니가 컸다는 거지?”
엄마도 여고 시절에
껌 좀 씹고 침도 뱉았던 것 같다
고양이가 야옹야옹 달려들지 않았다면
그 다음 사태는 미사일 폭발이다
얼떨결에 흘린 눈물로
방어무기 삼은 것도 절묘했다

이혼 후 홀로 식당에 나가시는 엄마
아들이 더 크기 전에
마지막 기선 잡으려 했던 거지만
아니다 내가 엄마를 보호해야 할 시점이다

# 탈북자 친구 공민철

아랫도리 벗은 채 머리에 보따리 이고
엄마 따라 압록강 물살 건넜다는
공민철을 탈북자라 부른다
열 살도 되기 전에
아시아 대륙을 빵빵이 돌았단다
깊은 산 넘던 티벳 산맥 오밤중에는
"허리띠 놓치면 모두 죽는다."
엄마의 목소리에 죽기살기 달라붙었단다
두만강 →연길 →정조우 →방콕
몇 달을 버티던 감옥 같은 배
아무리 배고파도 한 마디 안했단다
우리 반에서 가장 가난한
동만이보다 더 가난하지만
지금은 불안하지 않아서 행복하단다
장래 희망은 소방관

며칠만 일하면 쌀 한 자루씩 번다, 며

대한민국을 신기해하는 그의 엄마에게

지금 공민철은 든든한 아들이다

# 김상배 선생님

명퇴 이후 다시 기간제로 변신한
할아버지 슈퍼 고릴라
인문계 여고에만 있다가
남자 중딩 교실은 처음이라며
3월초까지는 하회탈처럼 웃었다
그러나 우리가 누구인가
곧바로 드러난 악마 본색
표정이 쬐끔씩 바뀌다가
바닥난 참을성
마침내 의자를 내팽개치자
천둥소리와 함께 부숴졌다
부러진 의자 다리를 가리키며
"저걸 봐라. 악동 여러분."
아이들이 진짜 바싹 쫄았다
"지금 내 마음이다. 짐승의 마음."

젊은 고릴라처럼 포효했다

모두 벌벌 떨었지만

딱 그때뿐이다

이튿날 다시 할아버지처럼 헐헐 웃었고

아이들은 개판 준비에 돌입했다

# 태극기 집회

시청 광장에서부터 덕수궁까지
양팔 간격 벌린 태극기 집회
돌담길 경계로 광화문 쪽은 촛불 집회다
경찰들이 사이사이 막고 있으니
분단된 대한민국 같다
시청 광장은 군복 할아버지 집합소인데
딱 한 사람 대학생 스타일이 보여서
"왜 성조기를 들었어요?"
우물쭈물 대답 못해 기다리는데
선글라스 할아버지 기습 가로막더니
"너, 당장 꺼져."
쏘주 냄새가 풍풍 풍기고 있었다
"저는 중2인데 왜 꺼지라고 하세요?"
눈빛 피해 꾸벅 고새 숙이고
광화문 광장으로 옮기니

촛불잔치 환하게 웃고 있었다

두 개의 대한민국을 보았다

# 세월호 농성장에서

이순신 장군 동상 아래
천막 단식

진영아, 인나
집에 가자

글자마다
펑펑 쏟아지는데

저만치 치킨 먹방 아저씨
모자를 눌러 써서
얼굴은 보이지 않지만

차라리 놀부가 되세요
소리칠 마음조차 생기지 않는다

해설

# 최초의 조율과 나를 찾는 시간의 유쾌함

조해옥 | 문학평론가, 한남대 교수

## 1. 열다섯 살 무렵의 시적 서사

강병철은 소설가와 시인으로서 입지를 견고하게 쌓아 올리고 있다. 그의 시집으로 『유년일기』, 『하이에나는 썩은 고기를 찾는다』, 『꽃이 눈물이다』 등이 있고, 소설집으로 『비늘눈』 『엄마의 장롱』 『초뻬이는 죽었다』 등이 있다. 이외에도 그는 성장소설집 『닭니』와 『꽃 피는 부지깽이』와 『토메이토와 포테이토』, 산문집 『선생님 울지 마세요』, 『쓰뭉 선생의 좌충우돌기』, 『선생님이 먼저 때렸는데요』, 『우리들의 일그러진 성적표』 등을 출간하였다.

강병철의 새 시집 『호모 중딩 사피엔스』에는 교직 생활에서 만난 제자들 한 사람 한 사람을 빛나는 존재로 받아들인 스승의 마음이 담겨 있다. 청소년이 새 시집의 주인공이면서 시의 화자인데, 그들이 '나는 누구인가'를 알아가는 과정, 그리고 '나는 이런 사람이야'라는 정체성 탐구와 강력한 자기표현의 과정이 작품들에 온전히 드러나 있다. 성과 사랑의 문제, 학교에서 만나는 친구들과 선생님, 가족의 의미 등, 시적 화자들은 그가 속해 있는 학교공동체 속에서 타자와 충돌하고, 타자에게 연민을 느끼며 교감한다. 그들은 자신도 규정지을 수 없는 자기의 진짜 모습을 알아가고 스스로 정립하는 시간과 공간에 서 있다. 그들은 세상의 바람 앞에 처음으로 홀로 맞서는 길 위의 존재이다. 그들은 개인적 존재로서 또는 공동체에 속한 존재로서 세상과 자기를 스스로 조율해 가는 시간에 진입한 것이다. 강병철의 새 시집은 청소년의 '나'에 대한 탐색 과정과 세상과 최초로 조율하는 시간의 유쾌함을 보여준다.

## 2. "나만의 무엇"을 위한 분투

강병철의 새 시집은 청소년이 주인공이 되어 '나'를 찾아 떠나는 탐색의 시간이라고 말할 수 있다. 청소년은 "판도라 상자인 '나만의 무엇'/기대하시라/개봉은 멀었지만"(「나만의 무엇」)에서처럼 '나만의 무엇'을 찾아 떠나는 길 위의 존재, 즉 과도기적 존재이면서 그 길을 걸으며 스스로 성장해 나가는 존재이다. 강병철은 청소년을 교육의 대상으로만 인식하지 않는다. 그는 사춘기에 접어든 아이들이 학생이기 이전에 독자적으로 성장하고 있는 인간이라는 것에 시의식을 집중하고 있다.

강병철 시인은 '중딩'을 시의 화자로 내세운다. 시집에서 무거운 청소년 문제와 학교 문제가 유쾌하게 펼쳐질 수 있었던 요소는 바로 두드러지는 시어들과 문체이다. 강병철은 중학생들이 사용하는 구어를 차용하고 있다. 사춘기의 심각함은 '중딩'의 언어로 인하여 유쾌하게 전환된다. '땡땡이치다, 꼴통, 아싸, 범생이, 국어님, 교장님, 수학님, 짱으로 귀엽다, 빵셔틀, 개판, 듣보잡, 완죠니, 우이씨, 식빵아, 샘, 열공, 패깡, 전교짱, 선방, 다이다이, 맞장, 간지' 등 중딩이 사용하는 그들의 언어가 자신들의 세계를 솔직하게 전하기 위해 세상에 말을 건다.

> 이상하다
> 나는 낙원상가 뒷골목에서
> 불량 형아들에게 이만 원 삥이나 뜯기는데
>
> 성가대 누나 생머리 스크린에 잠 못 이루며

눈빛 한번 못 맞추는
두근두근 심장박동 열다섯인데

저명한 심리학자 왈
질풍노도의 시기로 명명하셨으니

강한 바람과 성난 물결
얼마나 상큼한 문장 풀이냐
그 성난 물결에 당당히 포함되었다는 거다

절친 박우식군과 맞장 트던
목숨 건 활극 떠올리면
북한군이 휴전선 못 넘는다는 무서운 중2가
사실임이 분명하지만

지금은 교문 지도에 걸릴까 조마조마
게시판 뒤에 숨어 머리칼 죽이는
겁쟁이 중2이다

-「중2」 전문

"무서운 중2"라는 말은 열다섯 살 아이의 예측하기 어려운 성정(性情)과 내면을 가리킨다. 언젠가부터 사춘기에 접어든 중학생을 가리켜 '무서운 중2'라고 지칭하기 시작하였다. 북한군이 중2 때문에 휴전선을 못 넘어 온다는 우스개 이야기는 그동안 도외시해 왔던 청소년의 존재에 대해 신체적 · 정신적 특징을 우리 사회가 관심을 갖게 되었음을 의미한다. 사회구성원으로서, 가족구성원으로서 소외된 존재인 청소년은 새롭게 이해해야 할 존재인 것이다.

강병철 시인은 열다섯 살 아이의 이야기를 열다섯 살 화자가 되어 유쾌하게 풀어낸다. 성과 사랑의 마음, 또래 아이들과 벌이는 힘겨루기, 아직 독자적인 힘을 갖지 못하고 학교와 가족에 '속한' 존재, 그러나 독자적인 존재로 성장하기 위해 준비하는 과도기적 존재들의 내면을 시인은 다양한 측면에서 시로 형상화시킨다.

자 덤벼라 자신만만 포즈 잡다가
가로등 그림자에 막혀
꿩처럼 머리박고 삭삭 비비는 변신의 귀재

그러다가 눈 깜빡할 사이에
세상을 뒤집는 기형 물건
인터넷 박동 횟수가 지구 열 바퀴는 덮는다

그래서 인류를 둘로 분류하면
하나는 호모사피엔스고
하나는 호모중딩사피엔스가 된다 할 말 있나?
-「호모 중딩 사피엔스」 부분

호모사피엔스가 인간을 다른 동물과 변별하는 정의인 것처럼 '호모 중딩 사피엔스'는 강병철 시인이 다면적이고 복합적이고 미래지향적인 청소년기의 특별함을 정의하는 용어이다. 물론 여기에도 그들의 특별함을 이해하려는 시인의 마음이 잘 드러나 있다. 「사춘기」, 「패깡 박한별」, 「구름과자 하나 먹고」, 「빵 셔틀 극복기」에서처럼 청소년기에 든 아이들은 자기의 육체가 가진 물리적인 힘을 다른 사람들에게 실험해 보기도 하고, 어른을 흉내내기도 하면서 세상을 이해하는 방법을 배우고, 자신의 몸과 마음을 사회화시키고 조율한다. '중딩'은 미래의 '나만의 무엇'을 위해 걸어가는 시간, 달리는 시간의 길 위에 서 있는 존재들이므로 현

재진행형이다. 그들은 다른 사람들과의 관계를 통해 배려와 관용을 익힌다. 이처럼 미래를 위해 진행하는 시간을 가리켜 '성장하다'라는 형용사를 붙일 수 있다.

사춘기의 성장은 육체와 마음의 동시적인 성장을 의미한다. 「화수분 소원 1호」, 「알파고 남친」, 「엄마가 첫사랑이야」, 「오빠의 야구동영상」, 「내일 지구의 종말이 온다면」에서처럼 성에 대한 호기심과 불안감이 양립하는 열다섯 무렵의 아이들은 혼란스럽다. 반면에 활기가 넘치는 그들의 몸만큼이나 그들은 타자를 이해하는 마음도 성장한다. 「엄마도 좀 놀았나 보지만」에서 아들인 화자는 엄마에게 반항적인 모습을 보여주지만 "이혼 후 홀로 식당에 나가시는 엄마/아들이 더 크기 전에/마지막 기선 잡으려 했던 거지만/아니다 내가 엄마를 보호해야 할 시점이다"에서처럼, 화자는 어머니의 강압적인 태도에 순응하기를 거부하지만, 홀로 자기를 키우는 어머니를 헤아리며 어머니를 "보호해야 할" 자신의 책임을 깨닫기도 한다. 그에게 몸이 자라서 여자보다 물리적인 힘이 커진다는 것은 자신보다 약한 사람들을 보호해야 한다는 사실을 터득하는 마음의 성장을 의미한다. 마음의 성장은 그들이 만나는 타자들과의 관계 속에서 이루어진다. 「늙은 스승 국어님」, 「스승 차별」, 「너부터 식빵아」에서 잘 나타나 있는 것처럼, 그들은 선생님들에게 때로는 악동같이 대하지만, 연민의 감정을 갖는다. 연민의 마음을 갖는다는 것은 타자를 이해하는 방법을 관계성 속에서 배우기 시작했음을 의미한다.

### 3. 스스로 빛나는 존재들

강병철 시인의 새 시집에서 스스로 빛나는 존재들 한 사람 한 사람의 이야기를 담은 작품들은 산문의 요소인 서사가 어떻게 시적인 영역과 결합하는지를 잘 보여준다. 시집에 등장하는 아이들은 시인에 의해 각자의 장점이 빛을 낸다. 다채롭게 펼쳐지는 중학생 아이들의 시적 서사는 더 이상 방황하는 사춘기, 질풍노도의 시기, 타자와 불협화음을 만들어내는 자기중심적인 악동들이 아니다. 그들은 각자 장점을 지니고 있으며, 훌륭한 성정을 갖춘 존재들이다.

> 청소년 조준수는 사막의 낙타다
> 열공 자세만큼은 분명히 그렇다
> 자습 시간은 물론
> 급식 줄 타임에도 메모지와 씨름한다

점심 직후 늘어지는 타이밍
혼자 공부하는 풍경은 사막처럼 쓸쓸하다
성적은 30명 중 28등
공결 변종덕 위탁교육생은 빼야 하므로
진짜 석차는 끝에서 두 번째
패깡 친구들까지 안타까워한다
게으름 제로의 뚝심만 보면
전교 1등이 당연하겠지만
절대로 변함없는 사막의 이정표
중간고사 끝난 해방 타임
불금의 4교시 종례시간
낙타 혼자 외롭게 영어단어 외우고 있다

-「낙타 조준수」 전문

위 시에서 조준수는 자신이 진 짐을 버리지 않고 사막을 건너는 낙타처럼 성실함을 보여주는 학생이다. 학교는 사람이 각기 다르게 지닌 성정과 덕목들을 무화시켜버리고 숫자로 나타나는 성적의 결과로 환원되는 공간이다. 그렇기 때문에 꼴찌나 마찬가지인 조준수가 열심히 공부하는 모습은 다른 이들에게 안타까움을 불러일으킨다. 그러나 조준수는 성실함과 책임감이라는 덕목을 누구보다 잘 이행하고 있다. 그는 공부를 위한 자기의 책임을 다하는 중인 것이다. 「잘 싸웠다 봉남중」에서의 조준수는 '봉남중'의 친구들에게 응원의 "주먹 쥔 일치단결 처음 있는 감격"을 이끌어낸 인물이다. 조준수는 아이들의 풍요로운 내면과 능력이 성적으로 환원되는 학교에서 성적이 아니라 감동적인 성장의 시간을 가진 모든 중학생들의 이름이기도 하다. 그는 매력적인 존재가 될 중딩들의 상징적 서사를 쓰고 있다.

청소년인 시의 화자들이 학교와 집에서 겪는 문제는 다양하다. 강병철 시인은 다문화가정, 재혼 가정, 조손가정 등을 다룬다. 그는 이 같은 가족의 형태에서 발생할 수 있는 문제들을 해결해야 할 것으로 여기지 않으며, 그것에 시적 전개의 방향을 맞추지 않는다. 그는 이들 가족 형태의 다름에 초점을 맞추지 않고, 각각의 청소년 화자들이 사랑과 이해와 배려의 관계성을 배우는 장소로 나타난다. 시적 화자들에 고결한 마음에 타자들에 의해 만들어진 선입견이 끼어들지 못한다. 화자들은 가족을 사랑하는 법을 스스로 배워 나간다.

소매로 코피를 쓱쓱 닦은 다음

걱정 마세요 괜찮습니다

우리 아빠도 택배 배달원이니

효심으로 일어서겠습니다

터미네이터처럼 씩씩하던

그때까진 기사님 칭찬이 행복했다

돈도 이만 원 받아서 업(UP)되었지만

밤새 낑낑 앓고 말았다

"에잇, 불효막심한 홍부 놈아."

아빠의 그 말씀

야단치는 걸까, 혹시 칭찬일까

-「불효자 터미네이터」 부분

위 시의 화자는 택배오토바이에 부딪히는 사고를 당했지만, 치료비도 받지 않는다. 그러나 밤새 앓았고 그 일로 아버지의 걱정을 듣는다. 택배기사에게 한 화자의 행동은 역시 택배기사 일을 하는 아버지의 어려움을 너무나 잘 알고 있기 때문에 자연스럽게 나온 배려이다. 화자의 아버지는 어수룩한 아들의 처신을 나무라는 것 같지만, 아들의 마음이 어떠한지를 짐작하고 있다. 「만원 한 장」의 아버지는 '야간조'를 끝내고 아침에

서야 술에 취해 집에 돌아온다. 아버지의 손에는 만원 한 장이 쥐어져 있다. 화자에게 용돈을 주려고 손에 쥐고 있었을 만원 한 장은 어쩌면 가족을 위해 잠까지 내던진 아버지의 전부처럼 보인다. 그 모습을 바라보는 화자의 마음은 슬프다.

강병철 시인의 시의 화자들은 직접 경험한 것으로 개념을 새로 만든다. 편견을 깨고 자신의 경험을 통해 세상을 이해하는 법을 터득해 나간다. 「착한 계모」, 「버킷리스트」, 「몽골 초원」에서 더불어 같이 살아갈 사람들과 교감하는 법, 약소국에서 온 이주민들을 대하는 방법 등을 능동적으로 터득해 나간다.

> 누나와 나는 친자매처럼 사랑합니다
> 배다른 형제끼리는
> 결국 갈라서게 된다고 말하지 마세요
> 누나와 싸우다 엄마한테 혼날 때마다
> 내 눈물 닦아 주던 누나
> 도란도란 토스트도 구우며
> 등 기댄 채 비디오도 보았습니다
> 계모를 악마로 만든 콩쥐팥쥐나

우주 괴물 계모 신데렐라전까지
가부장 제도의 폭력이라고
가르쳐주신 선생님 정말 감사합니다
특히 헨델과 그레텔은 원래 친엄마였는데
번역 과정에서 계모로 바뀐 거라고
바로잡아주셔서 특히 감동입니다
누나와 나의 싸움은 칼로 물 베기
누나와 엄마는 특히 사이가 좋으므로
착한 계모와 사랑하는 의붓딸이 증명됩니다
-「착한 계모」 전문

남성중심주의의 유교 사회에서 가족구성원으로서 계모의 위치는 희생양으로 삼기 쉬운 위치에 놓여 있다. 계모는 나쁜 사람이라는 편견은 사회가 약한 존재에게 부과한 만들어진 관념에 불과하다. 「착한 계모」의 화자에게 '계모'는 친엄마이다. 화자는 자신의 엄마를 계모라는 선입견으로 보여지는 것이 부당하다고 여긴다. 화자와 의붓누나는 서로에게 의지가 되는 남매이고, 엄마와 의붓딸인 누나는 "특히 사이가 좋"기 때문이다. 엄마와 자신과 의붓누나가 이루는 가족의 고리는 사랑으로 단단하다. 화자는 계모에 대한 선입견이 거짓의 관념이라는 것을 선생님으로부터 듣고 나서 자기의 억울함이 벗어진 것 같아서 기뻐한다. 계모는 나쁜 사람이 아니라는 것을 스스로 경험한 화자는 사회의 인습이 만든 관념을 허물고 새롭게 인식할 수 있는 것이다.

몸과 마음이 급격히 성장하는 청소년기의 아이들은 복합적이어서 한 가지 모습으로 균일화시킬 수 없는 시기의 존재들이다. 그런 아이들에게 성적과 훈육으로 획일화된 학교라는 공간은 독자적 개인으로 성장하는 아이들의 내면과 몸을 돌볼 여유가 없다. 학교는 제도적 교육에 순응하는 인간, 조직에 속하는 인간을 요구하므로 청소년들의 진짜 모습은 은폐되고 왜곡되기 쉽다. 강병철 시인은 새 시집에서 학교 안의 중학생, 즉 '중딩'을 화자로 삼았다. 그는 여기에서 학교 혹은 어른에 의해 만들어진 '중학생의 이야기'가 아니라, 결코 길들여질 수 없는 열다섯 살 무렵의 아이들의 진짜 서사를 시로 형상화시킨다. 강병철의 시인의 새 시집에서 주인공 열다섯 살 무렵의 아이들은 이제 막 부모의 슬하에서 벗어나 독자적인 개인의 위용을 갖추기 위해 결여와 불안정한 시간을 거뜬히 넘어서는 중이다.